슬프게도 이게 내인생 01

SEUL
글그림

DAUM WEBTOON × 더오리진

CONTENTS

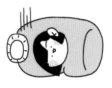

 프롤로그

거기 궁상맞게 앉아서
맥주를 까는 당신

당신은 분명 열심히
공부하며 대학 생활을 하고

슬프게도 이게 내 인생

열심히 스펙을 쌓아
서류 심사와
다른 시험, 면접을 통해

어렵게 취업에 성공하여
이제 드디어 내 인생에도 꽃이 피는가…!

했지만,

매일 전쟁 같은 출근길

회사에선
빡센 업무와

얄미운 동료,

슬프게도 이게 내 인생

예민한 상사에게
종일 치이다

흩날려라 결재 서류

가까스로 퇴근하고
집에 오면 날아드는
전기세, 가스비

공과금의 무서움

비싼 월세,
쥐꼬리만 한 월급 때문에
재정 상태는 항상 간당간당

밥은 매일 편의점에서 사 온
도시락과 캔맥주로
늦은 저녁을 때우며

슬프게도 이게 내 인생

9

이건 세상살이에
아직 적응 중인
사회 초년생의 슬픈 인생

우리들의 이야기

아 출근하기
졸라 싫어….

토닥

우리 인생
화이팅….

슬프게도 이게 내 인생
시작합니다.

 # 001

일하기 싫어

삐빅!

슬프게도 이게 내 인생

슬프게도 이게 내 인생

나는 작은 회사의
디자이너로 일하고 있다.

음…!
젤 잘하는 건
컨트롤 제트!

필살 실행취소!

디자이너라고 하면 맥북에
왠지 옷도 잘 입을 것 같고
아이디어 뱅크일 것 같으나

현실은 부링자.

잦은 야근으로
급격한 노화.

화장할 시간에
더 잔다.

옷 사 입을
돈 없음.

아이디어는
카페인빨.

물론
멋진 디자이너분들도 많습니다.
제가 이렇다는 것뿐…

멋진 필드
없지만..

클라이언트의 노예.

다 좋은데
뭔가 좀 더 잘 보였으면
좋겠어요.

SEUL

슬프게도 이게 내 인생

17

역시
첫 번째가 젤 낫네요!
처음 걸로 갑시다.

파
아
아

아.

집에 가고 싶다.

기획자와 개발자 사이의 샌드위치!

슬프게도 이게 내 인생

아니 선생님···.

10초만이라도 봐주시고
이야기해 주세요.

물론
모든 개발자가
이러진 않습니다.

샌드위치 사이에서
열심히 만들어봤자,

아씨
이 정도면
됐따!

**일이 마무리될 때
= 나 자신과 타협이 될 때**

대부분 통과 안 된다.

이쯤 되면 이 일에
소질이 없는 게 아닐까.

슬프게도 이게 내 인생

이 자는 지금 내가 다니는 회사의 대표.

이 시대 최고의 의욕 도둑!

궁극적으로 나의 의욕을 앗아가는 자.

이번 화면 기획서 보냈으니까 메신저 확인하세요

웱웱

앗 넵넵인데 잘못 말했다.

일 받으면 일단 토가 나오는 사람

눈이 멀어버릴 것만 같은 기획서

이러려고 비싼 돈 들이고
대학 나왔나 현타 온다.

픽셀을 조종하는 흑마술사

사교성도 바닥이라 회사 사람들이랑
1년째 낯가림 중이다.

스몰토크 힘들어함

그냥 업무 이야기 아니면 말 안 걸었음 좋겠는데
뭐라 말해줘야 하지 그냥 너무 이쁘네요라고 하면 되나
근데 너무 이쁘죠라고 물어봤는데 너무 이쁘네요라고
하면 넘 성의 없어 보이나… 너무 이쁘게 잘되었네요?
손재주가 좋으시네요? 감각 있으시네요?

이 사람에게 말을 걸지 마시오

저,
슬이 님…?

깜짝

앗 네! 죄송해요
잠시 딴생각을…!

과부하

이렇게 매일 한 달을 보내면 월급이 나오게 된다.

앗 월급날이다!

월급~ 월급~
이제 맛있는 것도 먹고
사고 싶은 것도 사고
영화도 보…

하예

은행 앱 켜는 중

고….

내계좌

너의 월급
잘 가져감 :)
-월세, 공과금-

쓸 수 있는 돈이

없다.

아.
일하기 싫다.

난 내 만화를 다시 보지 않는다.

작업하면서 몇 번이나 보기 때문에 질린 것도 있지만

무엇보다 창피해서….

업로드하고 나면 다시는 보지 않아요

그런데 출판 작업을 하게 되면서

1화부터 다시 검수해야 했는데

무척 괴로웠다.

지금 보니 너무 구리다!

스스로를 반성하는 좋은 계기가 되었다.

물론 이 책을 사주셔서
더 감사합니다.

002

출근은 힘들어

흔한 아침 풍경

(지금 몇 시지?)

슬프게도 이게 내 인생

알람 울리려면 한 시간 남음.

아 뭐야 아직
알람도 안 울렸네…
더 자도 되겠다…

……

호랑이 기운을 장으로 받는 스타일

슬프게도 이게 내 인생

난 출근 시간이
한 시간 정도
걸리는 편이다.

딱 집에서
8시에 나오면

역으로 걸어가서

지하철을 타고

환승 구간을 걸어서

슬프게도 이게 내 인생

지하철 한번
놓쳐주고

기다렸다가

환승하고

내리고 또 걸어서

사무실 문을 열면…

놀랍게도 딱 9시!

대표님…

수척−

대표

아니 왜
출근하자마자
퇴근해야 될 것 같은
몰골이니?

슬프게도 이게 내 인생

인간은 진화하고 기술도 발전해서
이제 충분히 집에서도 회의가 가능하고 업무가
가능한 상황에서 굳이 지구온난화의 재해를 뚫고
인간들을 뚫고 서로 불편한 얼굴을 마주하기 위해
출근을 해야 할까요. 시방 교통비도 안 줄 거면서?
지금은 2020년인디??

사이버 펑크 코리아인디?

염병

댐푠

…개수작
부리지 말어라

어쨌든 왕복
두 시간이라는 뜻인데

막상 두 시간 주면 내내 SNS만 할 사람

슬프게도 이게 내 인생

지하철

가방에 봉인☆

솔로몬급 평등함

눈을 뜨면

높은 확률로 내릴 역을 막 지나치고 있다.

뇌가 약간 다른 사람들보다 느린 편

지각 엔딩

슬프게도 이게 내 인생

Yes! Life is rock and roll!

현타

노래 때문에 흥겨워져 버린 기분과 출근 중이었다는
거지 같은 현실의 괴리에서 고통스러워하는 중

 슬프게도 이게 내 인생

전에는 회사에 출근하려면
9호선을 타야 했다.

지옥 급행열차

상상 이상으로 사람이 많기 때문에
별일이 다 생긴다.

동맥경화

이쪽 신사분들이 들어주시는 겁니다

곤란한 상황이 생기기도 한다.

평소 서서 갈 때 자연스럽게
두 손을 모으고 있는데

오잉 언제 이렇게
사람이 많아졌…

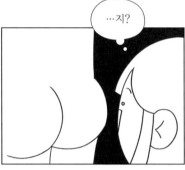

…지?

엉덩이…?

엉덩이를 보이는 건
애정의 표시입니다.
예쁘다고 천천히
긁어주세요!

긁어줘야 하나?

개형욱

안 됨

슬프게도 이게 내 인생

지하철에 사람이
많아지면 손의 위치가
굉장히 위험해진다.

정신 차림

키가 작아서 손의 위치가
딱 오해를 불러일으키기 좋은 자리

사람들 사이에 끼겨서
손을 뺄 수도 올릴 수도 없다.

조금만 움직여도
닿겠어!!

당황!!

닿기도 싫고
닿아도 안 돼!!

으아이아아!!!

공간을 지배하는 자!

최대한 머리로 밀고 엉덩이를 빼서 공간을 만든다.

슬프게도 이게 내 인생

진지하게 뻘생각 중

재택근무 보편화가 시급합니다

출근 지하철을 타면
졸리든 안 졸리든 일단 눈을 감고

도착할 때까지 눈의 피로를 푸는 편인데

그렇게 내릴 때까지
눈을 감고 있다보면

헷갈리게 된다.

혼란

어쨌든 피로가 좀 풀리기 때문에
기분은 좀 나아진다.

003

월요일 싫어

일요일 오후 7시

후 적당히 마셔야지
내일 출근해야 하니까

와니

···내일?

응! 내일
월요일이잖아

야

특징: 워커홀릭

내일은 없어. 술과 내가 있을 뿐이다

만신창이

뭔 헛소리를 진지하게 하고 앉았어

후.
와니야

응 왜 무슨 일이야?

걱정!

요즘 많이 힘든가 보네 이야기 좀 들어줘야겠다.

그저 월요일이 싫을 뿐이었다

고소한 방화범

슬프게도 이게 내 인생

토 나오는 월요일

토악질로
아침을 맞는다.

이럴 거면
다신 깨어날 수 없도록
마시는 건데

끄으윽르!!

죽지 못한 대가는 죽을 듯한 숙취

끄으윽…!
끄으으윽…!

월요일이 싫은 이유는
바이오리듬이 주말에서
다시 주중으로 바뀌는 날이라
겁나 피곤한 것도 있지만

진짜 너무 더 자고 싶어서 오열함

힘들게 출근하고
컴퓨터를 켜면

익숙

밀려드는 이메일,
메신저 DM

제발 사장님들
주말에는 직원들을 쉬게 해주세요
안 그러면 월요일에 내가 빡쳐

대청소

개밥 쉰내가 나 개밥 쉰내가

슬프게도 이게 내 인생

전체 회의

또 회의…

계속 회의…

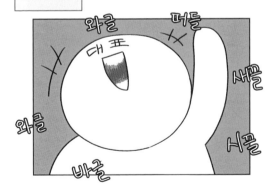

63

차라리 일하게 해줘

저주를 걸고 있었다

슬프게도 이게 내 인생

실성

하지만 늘 조져지는 건 나였다

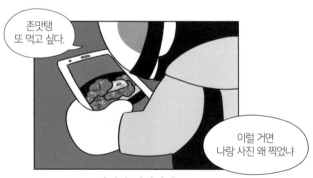

디지털 되새김질

슬프게도 이게 내 인생

마! 나를 즐겁게 하는 건
머니, 알콜, 슈거하이, *orgasm*뿐이다!

그리고 퇴사

어디 다른 곳 가서
그런 말 막 하고 다니지 마라
남사스러워서 진차

쾌락주의자

어쨌든 맛있는 음식은 거지 같은
월요일을 좀 더 살아갈 수 있게 해준다.

맛있는 점심은
오전 일과를 버티게 하고
오후 일과를 견디게 하죠!

아 쿠움!

좋아 오늘 점심은
사치스럽게 먹겠다!

하지만 항상 통장잔고 경계하는 것을 잊지 말아야 한다.

어… 한도 초과라고 뜨는데

아.

월말이라는 걸 깜빡했다

아… 잠시만 기다려주세요ㅠㅠ

어 나 미안한데 돈 좀 빌려주라

뭔데 내가 미안해지지.

위장을 기름지게 하는 법 말고도 귀여운 것들을 사 모으는 방법이 있다.

왜냐면 귀여운 건 최고니까!

귀욤!

귀욤!

마! 이것이 큐티뽀짝이라는 것이다!

 슬프게도 이게 내 인생

주로 들고 다닐 수 있는 것들
혹은 회사에 놓고 볼 수 있는
사무용품을 사는 편인데

과하게 되면 사회생활이
어려워질 수도 있으니 주의해야 한다.

왠지 모르겠지만
말 걸기 힘들다.

큐티 발사!

내가 욜라 강한 커리어우먼이다

엑설런트한 노예가 되었다

제발 날 내보내 줘

슬프게도 이게 내 인생

사실 이렇게 발버둥 치지 않아도 월요일을 극복할 수 있는 아주 좋은 방법이 있다.

후후, X발 소비가 없어도 행복해질 수 있는 아주 궁극의 필살기가 있지!

그냥 월요일에 연차를 쓰면 된다.

대표님 다음 주 월요일에 연차 쓰겠...

안 돼요

댐표

안 바쁜 거 다 아는데 안 된다고만 하는 거 봐라 싸가지 없게 말이나 끊고

사회인의 두 얼굴

애초에 애인의 여부도
알려준 적 없다

이 자를 조심하시오

슬프게도 이게 내 인생

재치 만점인 척~

결국 쟁취함

이상한 애라는 걸 눈치챘나 봄

나도 재치 만점인 척~

그딴 농담 다시는 하지 마시오

그것이 프리랜서의 숙명!!

사실이라는 걸 직접 알게 되었다.

004
취직을 준비해보자(1)

2016년 10월

나는 4학년의
끝자락에 서 있었다.

막 졸업 전시를 끝내고
체력도 돈도 바닥이 된 채
송장 같은 삶을 살고 있었는데

이제 누가 관만
짜주면 좋겠다….

영원한 휴식을 취할 때가 되었다

누워 있을 때가
아니다 인간

깜짝

취직… 해야 하지
않겠는가

George됐다.

난 영원히 학생일 줄 알았는데

끝이 있으면
새로운 시작이 있듯이

난 학생의 역할을 마치고
사회인으로서 새롭게
시작해야 하는 때가 된 것이다.

오늘은 취준생이었던
나의 이야기

도움…!

슬프게도 이게 내 인생

내가 다니던 과에서는
취직하는 유형이
3가지 있었다.

| 지랭이 | 와니 | 지미 |

첫 번째, 교수님이
추천해주는 회사로 가는 경우

이 경우는 비교적
다른 방법보다 쉽게
취직을 할 순 있으나

교수님들은 생각보다
그 회사에 대해 잘 알고
추천한 게 아니기 때문에

말 그대로 생명을 깎아먹는 회사일 가능성이 크다.

3주나 버텼군

끄으윽ㄹ

독한 친구야 오래 버텼어

그래서 다들 첫 번째 방법을 매우 비추한다.

교수 추천으로 가지 말고 네가 찾아서 가. 꼭!

잘 들어 피와 살을 깎아서 나오는 조언이야

탁 탁

끄덕

경청

내 인생 내가 개척한다!

두 번째, 스스로 찾아서 취직하는 경우

이 경우는 평범하게 구직 사이트를 돌아다니며 원서를 넣어 취직하는 방법이다.

슬프게도 이게 내 인생

즉, 사상 최악의 실업률을 자랑하는
대한민국의 취업 시장에서
살아남아야 한다는 뜻이다.

이거 살인 지옥이었어

마지막 방법은

난 나만의 길을 간다

이 젊은이들의 미래가 밝습니다

슬프게도 이게 내 인생

마음만은
마지막 방법을
쓰고 싶었으나

1년 정도는
쉬어도 되는 거 아닌가?
나 스트레이트로
졸업했는데…

어떻게든
더 먹고 놀고 싶다

경제적 독립을 하고 싶었고

부모님도 나이가 있고
아직 오빠는 학생이고 그닥
여유 있는 편이 아니니까

그 당시 살고 있던 자취방의
계약만기일이 코앞으로
다가오고 있었기 때문에

커밍 투 홈리스

현실적으로는 빨리 취직을 해야 하는 상황이었다.

수도권을 잃고 싶지 않은 지방러

첫 번째 방법은 악명 높기에 되도록 피하고 싶었다.

거의 괴담 수준

슬프게도 이게 내 인생

그래서 일단
두 번째 방법으로
어찌 되든
부딪혀보기로 했다

여자는 직진!!

압!

그 전에 넘어야 하는
큰 산이 있었으니

아 잠깐 손님은
못 들어가십니다.

취준 월드

엥 왜요

그건
포트폴리오였다.

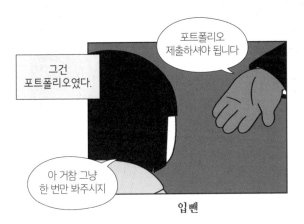

포트폴리오
제출하셔야 됩니다

아 거참 그냥
한 번만 봐주시지

입뺀

나 질척거리는 거 잘해!

슬프게도 이게 내 인생

...어?

포폴에 넣을 만한
작업물이 없었다.

나… 이 정도로
쓰레기였나?

스스로를 부정 중

자아 성찰

내 작업물이 이럴 리 없어

되새겨보자 나의 지난 4년!!!
도와줘 나의 전두엽!!!

어?

응! 비슷해!

원인을 깨달았다.

등록금을 주류산업에 쏟아부었다

와 해냈따!

어떻게든 그나마 봐줄 만한 것들을 모아서 만들긴 했다.

nailed it!

포폴 착즙러

도중에 한 열 번은 죽고 싶었지만 그래도 해냈다구!

어디 한번 쫙 보고 마무리해볼까!

뭔가 끔찍한 혼종 포트폴리오가 완성되었다.

?

어 징그러

키메라를 연성하고 말았다

 슬프게도 이게 내 인생

정답!

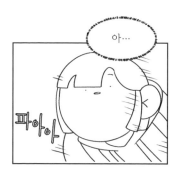

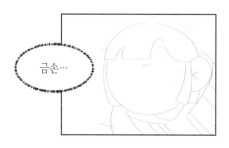

과연 취직할 수 있을까?

출판 검토하다 4화를 보고 알게 된 사실

흔들리는 캐릭터 설정

다시 한번 얼마나 헐렁한
만화인지 알게 되었다.

멍청

악어로 그린 이유는
와니가 입이 커서…입니다.

005

취직을 준비해보자(2)

어떻게든
포폴과 자소서를
수정하고 또 수정하며
서류 지원을 하는 날들이
계속되었다.

*이렇게 쓰면 노잼이어서 안 뽑아줍니다.

자아분열

놀랍지 않게 아무 곳에서도
연락이 오지 않았다.

하긴 나 같아도
나 같은 애
안 뽑겠다흥

인사담당자 님들한테 인센 줘야 할 정도

슬프게도 이게 내 인생

물론 실현된 적 없다

이런 와중에
주변 친구들은
하나둘씩
취직이 되었고

어… 어?

꿈을 이룬 시골 쥐

 슬프게도 이게 내 인생

난 날 때부터 자존심이란 없는 사람이었다.

교수님 딸랑딸랑!

다행히도 난 평소에 성실한 학생이어서 교수님께서 흔쾌히 추천서를 써주셨다.

그렇게 면접이 몇 군데가 잡혔는데

면접 준비도 해야 하니 스케줄을 함 봐볼까

상당히 빡셌다.

이상하다 이제 수강 신청 할 일이 없다고 생각했는데 왜 또 실패한 거 같지

공강 실패

그리고 대부분 사전 과제가 있어서 면접 준비하랴 과제하랴 날밤을 새웠었다.

이상하다 이제 과제 할 일은 없다고 생각했는데

역시 인생은 예측할 수 없다

슬프게도 이게 내 인생

수면의 중요성

접신한 거 아님

벌써 망한 각

볼 생각을 하지 않았다

슬프게도 이게 내 인생

다대다 면접이었다.

난 내성적이고 말주변도 없었기에
발표나 안 친한 사람과 대화가 힘들었는데

tmi 발사!!

다대다 면접이라니 머리가
새하얘지고 긴장되기 시작했다.

달달달덜달   달달달달달
덜덜덜덜   ㄷ달덜덜
덜덜덜덜   달덜덜
덜덜덜덜   ㄷ달덜덜
덜덜덜ㄷ   달덜덜
덜ㄷ덜ㄷ   덜달덜덜
덜덜덜ㄷ   달ㄷ달덜덜
덜덜덜 덜   달ㄷ달덜덜

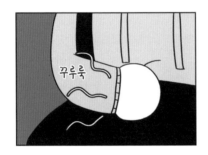

꾸루룩

너무 긴장해서
배도 아팠다.

흥···
똥 싸고 싶다

가지가지 하는 중

면접은 먼저 지원자들이
본인 과제를 발표하고
개인 질문을 받은 뒤

발표가 다 끝나면
본격적인 면접이
시작되는 형식이었다.

난 맨 끝에 앉았다는 이유로
마지막 발표라 다른 사람들이
하는 걸 보고 있었는데

뭔가 이상했다.

발표가
왜 이러지?

꾸르륵

사전 공지에는
1분 분량의 발표를
준비하라고 해서

○○앱을 분석하고
개선점을 찾아
1분간 발표하시오.
*시간 엄수

시간 엄수라고
쓰인 거 보면 칼같이
자르려나 보다

무섭다 무서워

난 내 능력을 살려
1분 분량의 영상을
만들었다.

흐흐

흐흐 영상은
칼 같을 수밖에 없지
칼 같은 내 시간 엄수에
다 베여라!

슬프게도 이게 내 인생

그리고 보통 영상으로
만들진 않으니 나름 좋은 전략이라고
그땐 생각했다.

히히 이렇게
면접관들의 관심을
내 손에 넣는 것이다!

빠져라!!! 나의
파리지옥 같은 매력에!

빠져서 죽어버려!

그런데 1분 이내에 많은 걸
담으려니까 엄청 빠른 속도의
영상이 되어버렸다.

오 이것이 5G인가

역시 빨리빨리 한국인

번지수를 잘못 찾았다

1분에 16기가

슬프게도 이게 내 인생

막상 발표하는 것을 보니 시간을 엄청 넉넉히 주는 것이었다.

여유~

난 시험 범위를 잘못 알고 공부한 학생처럼 등골이 오싹해졌다.

그냥....
집 가고 싶다

아 써렌 칠게요

※써렌: 항복

그렇게
내 차례가
다가오는데

감사합니다~

짝

짝

짝

호달달

Shit국열차

 슬프게도 이게 내 인생

놀랍게도 이 뒤의 기억이 없다

정신 차리니 어느새 면접이 끝나고
난 지하철역 화장실에 와 있었다.

신기하구먼
술도 안 먹었는데
기억이 잘 안 나네

그래도
발표하면서
똥은 안 지려서
다행이야

빠뿌악

지금 지리는 중

하지만 긴장감, 부끄러움,
나 자신에 대한 실망, 뭔가 다들
나를 비웃는 것 같았던 분위기,

하…. 난
진짜 잘하는 게 뭘까
말도 잘 못하고
발발 떨기만 하고 엄청
바보같이 보였겠지….

뿌다닥다

면접관들의 차가운 눈빛,
쏘아붙이던 말투는 마음속 깊이 남아서

슬프게도 이게 내 인생

뒤끝이 애지게 남아버렸다.

아니 그렇다고 말을 그렇게
하대하듯이 해 초면인데
내가 아무리 아쉬운
입장이라고 해도
예의는 지켜줘야지

꿍얼

꿍얼

사람이 실수도 좀
할 수 있고 그런 거지
본인들은 뭐 얼마나
처음부터 잘했나

사실 잘못한 본인 잘못이다

뭐… 그래도
나름 교훈을 얻었다.

면접이란 이런 거였군
내가 해본 면접이라곤
호프집 알바 면접뿐이라
처음 알았네

생맥주
잘 따라요?

엉망

그건 모르겠고
잘 마시긴 해요!

그 이후 난 그날의 실패를 발판으로 몇 번의 면접을 더 봤고

이제 그나마 사람같이 말함

겨우겨우 한 회사에 2차 면접(시험)까지 붙어서

여러 우여곡절을 끝으로 마침내…!

훗

슬프게도 이게 내 인생

또 떨어졌다.

내리막길 인생

그렇게 자존감이 바닥을 찍었을 때

한 곳에서 면접 제의가 왔다.

의욕 0%

어… 갑자기?

해맑

슬프게도 이게 내 인생

그때 나는 그 회사에서
어떤 일이 벌어질지
전혀 알지 못했다.

실제로 마교수는 내가 데뷔 후

웹툰 작가 중에 슬이라고~
내가 가르친 학생이야~

학교 후배들에게 내 이야기를 했다고 한다.

그런데 이번 화가 업로드된 이후

왠지 나에 대해 썽을 내셨다고

교수님 건강하세요

006
집 구하기는 힘들어

난 5년째 자취를
하고 있다.

유후~
해피론리라잎~

5년째 엉망진창으로 살고 있다는 뜻

자취할 수밖에 없는 이유는
본가가 저 멀리 촌구석 지방
어디쯤이기 때문

여기쯤

워메 허뻐 멀으브러

슬프게도 이게 내 인생

난 크게 될 몸이라
지방 인프라가 성에 차지 않았다.

크게 될 식욕

물론 인프라가 부족하다고
덜 먹는 것은 아니었다.

크게 된 체격

그래서 고3 때
내 목표는 촌구석을
탈출하여 혼자만의 삶을
꾸리는 것이었다.

인서울까진 필요 없다!
맥X날드가 있는 곳이면 된다!

내 딸 꿈이
너무 소박하다.

자신의 한계를 너무 잘 아는 편

그렇게
대학생 때부터
출가하여 생활하고
있었는데

주식은 맥딜리버리!
콜라를 물보다
많이 마셔요!

같이 출가해버린 건강

슬프게도 이게 내 인생

*5화 참고

언제부터 출근 가능하세요?

그 후 서울에 가까스로 취업하여

ㄴㅔ?

어… 갑자기?

자취방을 서울에 다시 구해야 할 때가 되었다.

학생 때처럼 주변 몇 번 돌면 구할 수 있지 않을까?

아니었다.

이 넓은 서울에 내 한 몸 누일 곳이 없다니….

차가운 서울

비싼 걸
알고는 있었지만
사람이 살 만한 집은
너무 비쌌다.

이 집은 채광도 좋구
얼마 전에 리모델링 했구
밤에 주변도 밝고…

호오…

상상
그 이상이었다.

보증금 2천에
월 40 관리비 10입니다
지금 계약하시겠어요?

…네?

팔든 미?

물론 난 그럴 만한
경제력이 안 되었다.

에비 지지

슬프게도 이게 내 인생

부동산특=맨날 귀한 집이라고 함

천국의 계단

입체파 스타일

사람이라도 초대하면 바로 절친 가능

땅에 묻히는 수준

이카루스

그리스 로마 신화

놀랍게도 이 모든 원룸이
결코 싼 편은 아니라는 게
신기할 따름이었다.

어메이징 코리아!

서울은 거칠다.

왐마;

사실 어디든 거칠지만
서울은 더 거친 것 같다.

난 먹고 살기 위해 서울로
상경한 거지 죽으러 가는 건
아니었기에 안전도 생각해야 했다.

안전하다고
생각되는 매물은
훨씬 더 비싸군.

여자들만 쓰는
건물이 더 안전한 건가?
더 위험한 거 아닌가?

슬프게도 이게 내 인생

내가 라라나 자리야만큼
강한 사람이었으면 경제력이 약해도
안전을 보장받을 수 있었을까.

멋져!
강인함! 근육!

멋진 근육! 갖고 싶다!

근육의 문제만은
아니겠지만…

쩝 운동해야
쓰겠구만

우쥬… 동거 윗 미?

경제적 안정을 생각하면
룸메를 들이는 것도
좋은 생각이겠지만

10년의 세월이 빛을 발하는 순간

18년 같이 살았음 됐다

상황이 이렇다 보니 난 최대한 타협을 해야 했다.

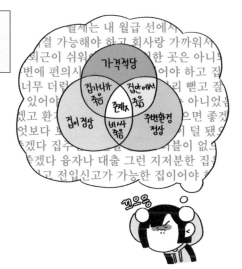

월세는 내 월급 선에서...
...결 가능해야 하고 회사랑 가까워서
...퇴근이 쉬워야 한한 곳은 아니...
...변에 편의시...어야 하고 집
...너무 더럽...리 뻗고 잘
...있어야...가 아니었...
...렸고 환...으면 좋겠...
...엇보다 보...이 덜 됐...
...겠다 집주...블이 없...
...겠다 융자나 대출 그런 지저분한 집...
...고 전입신고가 가능한 집이어야...

가격적당

집가까 죽음 / 집안에서 죽음

존재X

집이정상 / 비싸 죽음 / 주변환경 정상

끄으응

죽음뿐인 타협

그렇게 어렵게 구한 내 집

그나마 깔끔한 풀옵션이고 팔다리 펴고 누울 수 있는 아담한 6평!

바로 옆이 초등학교라
CCTV로 그나마 안전!

적어도 내가 죽으면
누가 죽였는지 알 수는
있겠지….

누군진 몰라도
가만 안 둬

슬프게도 이게 내 인생

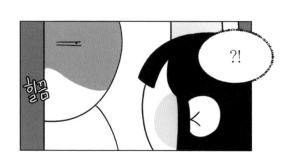

놀라면 욕 먼저 나오는 타입

본의 아니게 매번 주민분들을
놀라게 하는 집에서 살고 있습니다

덧

굳이 설명드리자면
원룸 건물에 딸린 경비실을
개조한 집에 사는 겁니다.

여기가
우리집

이런 건축을 '필로티'라고 하더군요.
지진 나면 끝장인 집입니다.

건물 안으로 들어가기 위해선
월세 20만 원을 더 내야 했습니다.

부럽당

역시 인생은
돈이 짱입니다.

슬프게도 이게 내 인생

덕분에 집에 갈 때마다
제가 얼마나 돈을 열심히 벌어야
하는지 매번 깨닫고 있습니다.

자 오늘도 개같이
일해보자구~

화이팅~

오늘도 출근할
힘이 납니다!

007

상처뿐인 첫 번째 직장(1)

해맑

오늘의 이야기는
여기서 이어집니다.

촬영감독이
촬영하면,

촬영 영상을
편집하거나 필요한 그래픽을
합성하는 후반 작업을 한다.

첫 번째 회사는
광고회사로

면접을 보러 회사에 갔을 때

안녕하세요~
면접 보러 왔는데…ㅇ

회사에
고양이가 있었다.

복지합겨어어어어억!!!

고양님 최고됩니다

fall in love!

슬프게도 이게 내 인생

당연히 개별 계산인 줄 알고 있었음

아이스입니다

면접도 다른 면접과 다르게
공격적이지도 않고
농담도 하면서
유쾌하게 진행되었다.

그럼 마지막
질문입니다.

하하 네

체력은
좋은 편이신가요?

오싹

익스큐즈 미?

취직 생각이 없는 판단의 기준

고양이!!!!!!

슬프게도 이게 내 인생

그 선택은 그해의
최악의 선택이 되었다.

그렇게 회사 근처에 집도 구하고

자존심 강한 두 천재의 신경전

설레는 첫 출근!

안녕하세요!!!

'시사'야!!!!!!

그런데 고양이가 없었다.

하하 안녕하세요

'시사'는?!

너 말고 너희 고양이 데려와

저 혹시 '시사'는 자고 있나요?

아~

슬프게도 이게 내 인생

회사 다닐 이유 8할이 사라졌다

이후 자리 소개와
사무실을 설명해주시는데
갑작스러운 이별의 충격으로
귀에 들어오지 않았다.

아!

츄르도…
사 왔는데….

자리는
저 자리고…
탕비실은 저쪽…
화장실은….

자 그럼
소개도 끝났고

형

일을
시작해볼까요?

이걸 제가 다요?
갑자기?

응
네가 다요

띠용

깜빡이라도 켜고 들어오시면 안 될까요?

슬프게도 이게 내 인생

갑자기 일을 엄청 맡은 데다가
그 일이 꽤 큰 프로젝트라 부담되었다.

그리고 왜 다들 부들거려

왜 슬픈 예감은 틀린 적이 없나

슬프게도 이게 내 인생

매일 야근은
기본에

해가 떠 있을 때
집에 가본 적이
없어…

비타민D 부족

매주
주말 출근을
해야 했다.

썬데이 모닝~

얼웨이즈 출근~

물론 추가 수당이나
대체 휴일은 없었다.

163

출근해서 작업 파일을 열었을 때 뜨는 팝업 창이 나의 생활이 얼마나 비정상적인지 알게 해주었다.

어젠 5시간 잤네…. 이 정도면 많이 잤지

해탈의 경지

제일 믿을 수 없는 점은 다들 그런 일을 당연하게 여기고 있다는 점이다.

그래도 여기는 덜한 편이에요

조감독

뭐라고요?

**이미 인간이 아니어서
고통을 느끼지 못하는 상태인 겁니까?**

머리가 나빠서 지금 깨달음

사실 체력적인 문제는
원동력만 있으면 어찌 됐든
생명력을 깎아서
이겨낼 수 있었지만

으아아! 내가 이거 다
조사버리고 만다아아아!

솟구치는 아드레날린!!

저의 경우는 분노였습니다

이제 막 졸업한 햇병아리에게는
노하우나 실무 기술이 부족하기 때문에
때에 따라선 교육이 필요했는데

어… 이건 아무리 봐도
어떻게 해야 하는 건지
모르겠는데…

다른 분들께
물어봐야…!

죄송해요
저도 할 줄 몰라요ㅠㅠ

회사 특성상
다 신입뿐이라 가르쳐줄 수
있는 사람이 없었다.

아.

도전개쩐

유튜브에 치면
다 나오지 않나요?
그런 것까지
알려줘야 해?

대표한테 물어보자니
그는 원래 감독 출신이라
촬영만 할 줄 알지
작업 기술을 잘 알지 못했다.

너도 모르지
그치

하핫! 난 스키장
가야 해서 먼저 들어갈게!
다들 야근하지 말고
얼른 일 끝내고 퇴근해!

그리고 대표는
틈만 나면 자리를
비우기 일쑤였는데

데헷

그게 데드라인이 코앞에 있어도

아랑곳하지 않았다.

시사? 나?

008

상처뿐인 첫 번째 직장(2)

수정 폭력

말이 씨가 되고 발아(發芽)가 된다

그 당시 진행했던 프로젝트는 실사 촬영물이
들어가지 않는 7분짜리 애니메이션 작업이었는데

그림을 그려서 움직임을 넣는다

 슬프게도 이게 내 인생

와중에 그림 그릴 줄
아는 사람은 나 혼자뿐이라

거의 혼자 다 해야 했다.

그래서 콘티를 엎는다는 건

어쩔 수 없대요
광고주가 맘에
안 든다고….

날 죽이겠다는 말과
같은 것이었다.

차라리 죽여주시오!!

하하 슬이 씨가
죽으면 프로젝트
날아가서 안 돼요흑

묘하게 침착해서 더 재수 없어!!

슬프게도 이게 내 인생

하지만 그 뒤로
콘티는 계속 수정되거나
엎어졌는데

슬이 씨… 미안한데
콘티가 또 바뀌어서 다시
해야 할 것 같아요

깜짝

뭐라고요?
이제 100장 다
그렸는데!!!

밥을 먹을 때도

깜짝

슬이 씨 미안한데
콘티가 또….

잘 때도

< 초감독 ☰

자니..? 01:00

콘티가…. 01:01

전송

아씰

계속….

계속….

반복되었고

슬프게도 이게 내 인생

난 인내심이 바닥이 되었다.

살인 한 번이면 참을 인 세 번을 면하는데….

흔한 직장인의 살의

그러던 어느 날 대행사 쪽에서 중간 검수를 하기 위해 찾아왔다.

아이고~ 어서 오십쇼~

수고들 많으셔~

역시나 또 수정을
걸고 있었는데

(심한 욕)

야

어 왜 힘들어?
힘드냐고

내가 눈으로 욕한 걸
마음으로 들었는지
시비를 걸어
왔다.

슬프게도 이게 내 인생

숨을 호떡 호떡 쉬게 해줘?

낄끼빠빠 새꺄!

분노 맥스

슬프게도 이게 내 인생

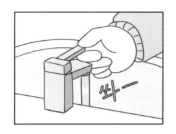

현실은 차가운 서울의 아리수로
분노를 식힐 수밖에 없었다.

분노의 핸드워시!!!!!!

콘티 수정은 계속되는데

시사는 다가오고 있었고

슬프게도 이게 내 인생

대표는 스키장을 가버렸다.

아유 촬영할 게 없으니까~
내가 할 게 없잖아~~

헷~

진심 돌아오면
때릴지도 몰라

시사 전에 끝내려고
정신없이 밤새 일했지만

타다닥

타닥

제시간에
맞추는 건
불가능했다.

아 어쩌라고

펑!

강하게 ㅈ될수록 침착해지는 타입

주님은 분노하여 벌을 내리셨고

불똥은 당연히 내게 튀었다.

밤새 긴장하며 일해서
엄청 피로했고
종일 아무것도
못 먹어서
배가 너무 고팠는데

이 상황에서
꼬르륵 소리 나면
웃길 텐데

책상에 끼니를 거른
나를 위해 동료가 사준
불어터진 컵라면이 보였다.

아씨 생각하니까 빡치네
밥을 굶겨? 지나간 끼니는
돌아오는 것이 아닌디?

먹고 살라고 하는 짓인데
오히려 못 먹고 있는 게
아이러니했다.

이상한 곳에서 삔또가 나간다

그렇게 탈탈 털리고
쉬기 위해서
화장실을 갔는데

직장인의 안식처
해우소~

편안

거울에 비친 피골이 상접한
내 모습이 보였다.

어… 누구?

송장

깜짝이야,
몰골이 이 지경이었단
말이야?

당장 저승사자가
데리고 가도 이상하지
않을 정도야

어? 이쪽 사람이
아니었나?

슬프게도 이게 내 인생

그날 퇴사해야겠다고 다짐했다

광고계는 유난히
클라이언트와
작업자 사이에 낀
중간 다리가 많은데

 광고주(님)

 광고대행사

 감독, PD

사실 훨씬 많지만
대충 요약하자면
이렇다.

 작업자

작업자가
시안을 올리면

 띠롱~

 시안_A

 슬프게도 이게 내 인생

중간에 낀
모든 사람이 한마디씩
뱉는데 이게 다
수정사항이 된다.

카피를 변경…
로고를 우상단으로…

색감이…
모션감이랑…

(피곤)

…

그리고 종종
중간 다리들끼리
의견이 안 맞아
요청이 중구난방이
올 때가 있는데

B폰트를 쓰자

A폰트를 쓰자

어쩌라고 대체;

이럴 때는 중간 다리끼리
한참을 토론하다가

B가 좋다니까

A가 좋다니까

···(대기 중)

···

결론이 나와서
수정을 해놓으면

그럼 C로 합시다

C로 합시다

C로 하겠습니다.

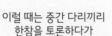
슬프게도 이게 내 인생

다음 날 광고주가
엎는 식이다.

무료폰트 써라

네

네

못 해먹겠네 진짜

이 회사 엄청 힘들긴 했지만

(잠깐 기절)

과로사가 이런 거구나 싶었음

주로 하던 일이 그림 그리는 일이라 일은 재밌었다.

헤헤 내일도 그림 많이 그려야지

놀랍게도 회사 가는 게 엄청 싫진 않았음

그래서 그때 알았다.
나의 천직을.

발 씻으면서 깨달음

그래도 다신 하고 싶진 않다.

인생 개꿀 빨고 싶다

 # 009

퇴사, 그리고 백수가 되다!

항상 마음속으로
간절히 빌었던 것인데

간절히 빌면 우주가 도와준댔다

실제 행동으로
옮기자니

그래! 퇴사한다고
오늘 말하는 거야!
좀 이따 대표님 오면
바로 말해야지!

슬프게도 이게 내 인생

일주일 내내 각만 재는 중

어릴 때부터
내성적인 성격이라

낯선 사람에게
말을 걸거나
전화하는 것도
잘하지 못했는데

*꼭 구어체로 써야 됨

을의 처지에서 갑에게
그것도 퇴사를 말하려니

정말
쉽지 않았다.

여-전

마음 같아선
멋있게 사직서를 내고

?

슬프게도 이게 내 인생

좋아하는 영화 다크 나이트

꺼지든지 말든지!

묘하게 서운

그렇게 악몽 같은
첫 회사는 퇴사하게 되었다.

퇴사!!퇴사했따!!!!

이제 출근 안 해도 돼!
야근도 안 해도 돼!
주말에 집에 있어도 돼!

감독 얼굴도 안 봐도 되구
점심시간마다 뭐 드실 거냐고
안 물어보고 다녀도 돼!

드림스 컴 트루

덕담도 잊지 않았다.

뒤끝

슬프게도 이게 내 인생

퇴사를 하고 나서
백수로서 계획을
세워보았다.

출근을 더는
안 해도 된다지만
오전을 전부 잠으로
날리고 싶진 않아!

아침에 일어나서
집 청소를 하고

아침밥도 해 먹고

운동도 해야지

무엇보다 공부를 더 해서
좋은 포트폴리오를 만들자

그래서 좋은 회사를 가자!

그래, 내일부턴
착실하게 생활해서 새로운
내가 되는 거야!

아자아자 화이팅!

슬프게도 이게 내 인생

한 달 뒤

시궁창 속에서 요의를
더는 참지 못해 일어난다.

화장실을 다녀와서 바로 컴퓨터를 켜고 유튜브를 본다.

얼마 지나지 않아 자는 동안 아무것도 먹지 못한 위장이 신호를 보낸다.

영양소와 건강을 생각하여 완전식품인 햄버거를 시킨다.

 슬프게도 이게 내 인생

e스포츠

크어어어···

(술 약함)

부작용 : 수면

잠깐 자다 깨면 핸드폰으로
세상 돌아가는 소식을 본다.

(자연스러움)

그러다 온종일 씻지 않아
기름기 때문에 핸드폰이 끈적해지고

아 손 찝찝해

너 때문이잖아

슬프게도 이게 내 인생

절약 정신

💩 슬프게도 이게 내 인생

그러고 나면 떠오르는
아침 해를 보며

깊은 자괴감을 느끼며
하루를 마무리한다.

사람은 쉽게 변하지 않는다

이렇게 한 달이 지나니 슬슬 마음이 조급해지기 시작했다.

다른 친구들은 다 출근하고 돈 벌고 경력 쌓는데

난 이렇게 시간을 허비해도 되는 걸까

나는 심장은 망나니였지만 머리는 스크루지였기 때문에

인생 어디까지 망칠 수 있는지 그 끝을 보여주겠다!!

지금 당장 벌어재껴도 시원찮을 판에!!

망나니

스크루지

극과 극의 만남

결론적으로는 아무것도
하지 않으면서 이성과
본능의 충돌로 괴로워만 하는
상황이 발생하게 된다.

아 이러고 있으면
안 되는 데에에에

애매한 망나니

크 구구절절
다 맞는 말이다

자존감이 바닥을
칠 땐 책에서 위로를
받기도 하지만

다른 사람과
비교하지 마세요!
자신만의 속도로 살아가세요!
느려도 괜찮습니다.

충격요법

슬프게도 이게 내 인생

그렇게 다시
취업 시장에 뛰어들게 되었다.

취직… 해야겠다.

취직은 자본이 시킨다

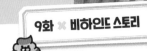

회사를 너무 급하게 퇴사해서
출입 카드를 가지고 퇴사를 해 버렸다.

근데 그 대표랑 너무 너무
마주치기 싫어서 계획을 세웠다.

그런데 변수가 있었다.

생각지 못한!

헐레벌떡 닌자같이 카드를 두고
도망 나온 기억이 있다.

지금 생각해보면 그냥 우편함에
넣고 오면 됐는데… 왜 그랬었지.

결국 부상을 입었다

DAUM WEBTOON × 더오리진

051

슬프게도 이게 내 인생 ⁰¹

슬프게도 이게 내 인생 01

1판 1쇄 인쇄 2020년 7월 13일
1판 1쇄 발행 2020년 8월 12일

지은이 슬
펴낸이 김영곤　**펴낸곳** ㈜북이십일 더오리진
오리진사업본부장 신지원
책임편집 손유리　**웹콘텐츠팀** 이은지 홍민지 최은아
마케팅팀 황은혜 김경은
디자인 이아진, 프린웍스
영업본부 이사 안형태　**영업본부 본부장** 한충희
오리진 영업팀 김한성 이광호　**제작팀** 이영민 권경민

출판등록 2000년 5월 6일 제406-2003-061호　**주소** (우10881) 경기도 파주시 회동길 201(문발동)
대표전화 031-955-2100　**팩스** 031-955-2151　**이메일** book21@book21.co.kr

(주)북이십일 경계를 허무는 콘텐츠 리더

아르테팝 채널에서 도서 정보와 다양한 영상자료, 이벤트를 만나세요!
페이스북 facebook.com/21artepop　**트위터** twitter.com/21artepop
인스타그램 instagram.com/21artepop　**홈페이지** artepop.book21.com